KB177847

사랑은

———————

피지 않고

———————

시들지

———————

않는다

———————

사랑은 피지 않고
시들지 않는다

유미성 감성 시집

다연
DAYEONBOOK

Prologue

20년 전, 시를 향한 짝사랑으로 온밤을 하얗게 지새우던 시절이 있었다. 사랑하는 사람에게 줄 수 있는 게 아무것도 없던 가난한 시절…… . 하얀 종이는 포장지가 되었고, 그 종이 위에 쓰인 언어들은 그 사람에게 줄 수 있는 유일한 선물인 시절이 있었다. 그 초라한 선물을 받고도 세상 전부를 다 가진 듯 행복해하던 한 사람이 있었다.

나는 시를 쓰기 시작했다.

남들은 매일 사랑 타령이 지겹지 않느냐고 손가락질을 하고, 세상과 발맞추어 살지 않는다고 나를 외면하던 시절도 있었다. 그때 세상에서 내가 할 수 있는 유일한 일은 시를 쓰는 일뿐이었다.

나는 어느 시인들처럼 인생을 꿰뚫어볼 통찰력도 없었고, 세상에 저항을 할 용기도 없었다. 그저 내가 경험했던 사랑을 주제로 세상의 모든 연인이 공감할 수 있는 유치하지 않은 사랑시를 쓰는 게 내 꿈이던 시절이었다.

그렇게 쓴 시들이 인터넷을 떠돌며 많은 사람에게 사랑받았고, 십몇 년 전에는 《천원짜리 러브레터》라는 시집이 베스트셀러가 되는 행복을 누리기도 했었다.

그 이후로 나이가 들어가면서 나도 세상과 발맞추어 가는 방법을 알게 되었다. 치열하게 세상 속에 뛰어들면서 더 이상 시를 쓰지 못하는 불임의 시절이 지속되다가 이번에 다시 또 하나의 시집을 세상에 내놓게 되었다.

세상에 뛰어들어 오랜 시간 웨딩 사업을 해오는 동안, 사랑하는 연인들에게 더 이상 시가 읽히지 않고 결혼식에서 결혼 축시를 낭송하지 않는 문화에 대한 아쉬움이 점점 커져갔다.

그 진한 아쉬움이 그동안 잊고 살았던 시에 대한 내 마음속의 열정을 다시 깨웠다.

그렇게 새로운 영감으로 시들을 다시 썼다.

이제 부끄럽지만 또 하나의 시집을 세상에 내보낸다.

이 시집에는 새로운 시와 더불어 이전 시들 중 다시 음미해볼 만한, 인터넷에서 많이 떠도는 작품들을 하나하나 직접 추려내었다.

나와 같은 연령대의 사람들에게는 오랫동안 잊고 지낸 사랑의 설렘을, 그리고 지금 사랑에 빠져 있는 연인들에게는 많은 공감을 주었으면 좋겠다.

끝으로, 이번 시집에서는 오래된 벗 애드리안 윤 화가의 그림과 늘 착한 동생 김수영 영화음악 감독의 시집 OST까지 함께하는 기쁨을 누리게 되었다.

혼자가 아닌 함께한다는 게 얼마나 큰 행복인지 아는 나이가 된 지금, 그래서 내게는 더욱 특별하고 소중한 시집이다.

2015년 12월

유미성

Contents

Part 2 이별

Bonus Track

Part 1 사랑

세상에서 가장 아름다운 시

사랑한다는 말보다 더 애절한
말이 있을 줄 알았습니다

보고 싶다는 말보다 더 간절한
말이 있을 줄 알았습니다

사랑하는 연인들의
호기심 어린 눈동자를 벗어나
그렇게 오랜 시간 동안 숨어 있던

그대만을 위해 쓰일
그 어떤 말이 있을 줄 알았습니다

그대만을 위한
아주 특별한 고백을 할 수 있기를 바랐습니다

하지만 난 오늘도 여전히 그대에게
사랑한다는 말밖에는

다른 말을 찾지 못했습니다

보고 싶다는 말밖에는
그 어떤 그리움의 말도 찾지 못했습니다

그래서 늘 언제나
그대에게 쓰는 편지의 시작은
사랑하는……
보고 싶은……

하지만 그 마음 너무나도
따뜻한 그대기에

그대를 위해 쓰인 내 평범한 언어들은……
그대 마음속에서 별이 됩니다

그렇게 세상에서 가장 아름다운 시가 됩니다

그 사람이 좋아하는 것을 주어야

그 사람이 좋아하는 것을 주어야
사랑입니다

세상의 어떤 연인들은
내가 좋아하는 것들만
상대에게 주고 나서

그 정성을 알아주지 못한다고
속상해하거나 상대를 원망합니다

사랑하는 사람이
사랑하는 사람에게 바라는 건

값비싼 선물이나
달콤한 사랑의 언어들이 아닙니다

나를 믿어주고
내가 지쳐 있을 때

곁에서 말없이 손잡아주는 것입니다

그 사람이 좋아하는 것을 주어야
사랑입니다

유미성의 사랑이란

한 개를 주고
두 개를 바라는 건
사랑이 아닙니다

한 개를 주고
한 개를 바라는 것 역시
사랑이 아닙니다

사랑이란……
아홉 개를 주고도
더 주지 못하는 한 개를
안타까워하는 마음입니다

THE FLORAL RAIN
Material : Digital Painting

연인이기 이전에

연인이기 이전에
가슴을 열어놓고 만날 수 있는
친구였으면 좋겠습니다

사소한 오해들로
상처받지 않고 등 돌리지 않고
그렇게 오랜 시간 동안 함께할 수 있는
친구였으면 좋겠습니다

연인이기 이전에
같은 눈으로 세상을 바라보는
좋은 동료였으면 좋겠습니다

서로가 작은 꿈 하나씩을 가슴에 묻고
그 꿈의 성취를 위해
함께 노력할 수 있는
좋은 동료였으면 좋겠습니다

연인이기 이전에
서로가 홀로 설 수 있는
사람들이었으면 좋겠습니다

사랑 안에서 무엇인가를
기대하기보다는
그 사랑을 위해 아낌없이 베풀 수 있는
마음이 넉넉한 사람들이면 좋겠습니다

그렇게 연인이기 이전에 우리
사랑의 소중함을 아는
사람들이면 정말 좋겠습니다

이름 없는 들꽃을 아끼는 마음으로
서로의 영혼을 감싸 안을 줄 아는
가슴이 따뜻한 우리였으면 정말 좋겠습니다

이 세상에 단 하나뿐인 당신이기에

이 세상에 단 하나뿐인 당신이기에
나는 당신을 사랑합니다

어느 가을날 낙엽 수북하던 거리에서
내 손을 잡고 행복해하던 당신이기에
나는 당신을 사랑합니다

어느 비 오던 날 내 마음 아프게 해
쏟아지는 눈물과 비로
내 모습 초라하게 만들었지만

그 모습 지켜보며 함께 울었던 당신이기에
나는 당신을 사랑합니다

세상살이에 지쳐 꿈을 포기하려는 나에게
못난 사람이라고 모질게 내몰다가
내 어깨에 눈물 묻으며
날 일으켜 세우던 당신이기에

나는 당신을 사랑합니다

세상에 모래알보다 많은 사람
그중에 당신보다 예쁘고 착한 사람
없지 않겠지마는

내가 알고 있는 당신은
내가 사랑하는 당신은 세상에 단 하나뿐이기에
당신은 세상에서 가장 소중한 사람입니다

그런 당신이기에
나는 당신을 영원히 사랑합니다

짝사랑

짝사랑이 욕심을 가지게 되면
그 순간부터는 지옥이고

짝사랑이 욕심을 버리게 되면
그 순간부터는 천국이다

기다림

쉽게 잡은 파랑새는
그 귀중함을
미처 알기도 전에
날아가 버린다

그대에게 어울리는
나만의 새장을
만들기 위해

오랜 기다림의
가슴 아픔으로
울타리를 만들고

진실한 사랑을 녹여
작은 자물쇠를
만들고 싶다

내게 능력 주시는 이

능력 주시는 그분 안에서
너는 모든 것을 할 수 있느니라

그분의 피와 살이
너를 위해 뿌려지고 찢겨졌노라

넌 세상의 작은 고통에도
숨을 헐떡이며 지쳐하지만

그분은 너를 위해
목숨을 버리는 고난을 당하시고도

너를 원망하거나 버리지 않고
다시 일으켜 세우셨노라

너의 눈물을 차마 지켜보지 못하시고
제 옷을 찢어 그 눈물 닦아주셨노라

믿어주시는 그분 안에서
너는 모든 것을 할 수 있느니라

네가 꿈꾸었던 모든 일과
네가 사랑하는 가족들이 행복해지노라

너는 솜털 같은 작은 믿음일지라도
그분은 바위보다 단단한 사랑으로
너를 지켜주시노라

너의 거짓 믿음조차도
진실로 믿어주는 분이시니라

_빌립보서 4장 13절

수정

파도여
아이의 걸음으로 내게 다가오라

두 발로 걷는 게 아직 서투른 아이처럼

그래서 내게 다가오다
넘어지고 또 넘어지고
그렇게 오랜 시간이 걸려

내게 올지라도
나는 기다리런다

나의 파도여
나의 사랑이여

나보다 먼저 그대를 사랑하겠습니다

이 세상에서 마지막으로
나를 안아주신 사람입니다

내 눈물 닦아주시며
가슴으로 함께 울어주신 사람입니다

보잘것없는 내 삶 속으로 들어와
작은 등불 하나 밝혀주신 사람입니다

눈부신 세상이 있다는 걸
처음으로 느끼게 해주신 사람입니다

그런 사람이기에
내 목숨 버려야 해도 그대를 사랑하겠습니다

그런 사람이기에
나보다 먼저 그대를 사랑하겠습니다

잡초

이름이 없을 뿐이지
무시하거나 짓밟아도 되는 것이 아니다

그 이름 없는 풀에
내가 이름을 붙여주고
관심을 주게 되면

그 풀은 세상에
하나밖에 없는 꽃이 된다
내 사랑이 된다

THE GODDESS OF SPRING AND AUTUMN
Material : Digital Painting

기다릴 수 있는 시간만큼만 사랑하세요

기다릴 수 있는 시간만큼만 사랑하세요

그 사람 언젠가는 내게로 와
환한 웃음 보여줄 수 있는 그날까지

투정 부리지 않고
마음 다치지 않고
기다릴 수 있는 시간만큼만 사랑하세요

혼자만의 사랑에 너무 깊게 빠져
기다림이 짜증스러워지거나
힘들게 느껴진다면
사랑은 더 이상 행복한 일이 아닐 테니까요

기다릴 수 있는 시간만큼만
사랑하세요

그 사람 언젠가는 내게로 와

반갑게 손을 내밀어주는 그날이 오면

그 손을 아름답게 맞잡을 수 있도록
먼저 자신을 가꾸어가며 그 사람을 사랑하세요

기도

나 죽는 날까지
마음 변하지 않게

흘렸던 눈물만큼이나
아름답게 웃을 수 있게

기다린 시간보다
오랫동안 함께할 수 있게

이별에 몸져눕기보다는
사랑에 빠져 헤어나오지 못하기를

나의 단 한 사람에게
내 생명의 주인이신 바로 당신에게

사랑은 불과 같아서

사랑은 마음속에
불을 안고 사는 일입니다

그 마음 적당한 거리를 두면
늘 따뜻하지만
멀리 떨어져 있으면
그 마음은 너무나도 추워집니다

하지만 너무 욕심을 내어
다가서게 되면
당신의 영혼은 흔적도 없이
녹아버릴지 모릅니다

사랑은 불과 같아서
늘 적당한 거리를
유지해야만 합니다

사랑의 주문

아주 지독한 마법에 걸렸습니다
눈을 감아도 눈을 떠도
오직 한 사람의 얼굴만이 눈앞에서 아른거립니다

아주 지독한 마법에 걸렸습니다
마음이 기뻐도 마음이 슬퍼도
오직 한 사람의 모습만을 그리워합니다

그렇게 아침이 오고
그렇게 하루가 지나갑니다

그대의 목소리가 들려오는 전화기는
세상에서 가장 아름다운 음악이 되고

그대와 함께하는 저녁 식사는
세상에서 가장 화려한 만찬이 됩니다

이 모든 마법을 그대가 걸어놓으셨습니다

그대만이 풀어줄 수 있는 주문입니다

하지만 나 영원히
그 주문에서 풀려나고 싶지 않습니다

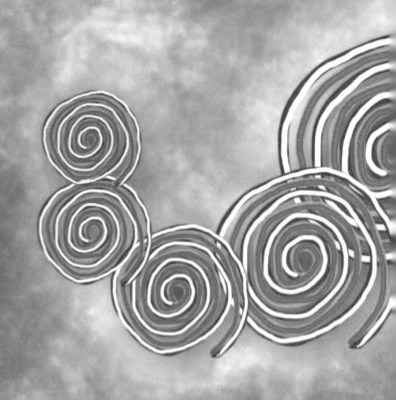

PUT A PERIOD
Material : Digital Painting

내 일기의 주인공이 그대이듯

그대를 만난 이후로
더 이상 내 일기의 주인공은
내가 아닙니다

그대를 만난 이후로
내 일기의 주인공은
그대가 되었습니다

하루 동안 일어났던
나의 중요한 일들보다는
그대와의 짧은 통화가
내 일기의 더욱 중요한 소재가 되어줍니다

하루 종일 몸이 아파
아무 일도 하지 못하고
누워만 있던 날에도

밤이 되면 숨쉬기보다

더한 의무감으로

그대 이름을 일기장에 빽빽하게 적습니다

내 일기의 주인공이 그대이듯

내 인생의 주인은 그대입니다

별을 세다

고개 들어 밤하늘을 쳐다봅니다

내가 아는 모든 사람의 가슴에
하나씩 안겨주어도 모자람이 없을 만큼
많은 별이 빛나고 있습니다

당신의 좋은 점만을 떠올리며
그 별 하나하나를 세어봅니다

밤이 지나 새벽이 오고
그 많은 별이 빛을 잃어갈 때까지도
난 별을 세고 있습니다

그렇게나 당신은 내게
자랑스러운 사람입니다

두 개의 강이 하나로 만날 때

아주 먼 곳에서 흘러온 두 개의 강이
하나로 만날 때

결코 그 강들은 서로에게
지나온 시간들을 뽐내려 하지 않습니다

상대의 깊이와 넓이를 두고
하나가 되는 일을 주저하지도 않습니다

아주 먼 곳에서 흘러온 두 개의 강이
하나로 만날 때

그 강들은 서로의 몸을 섞어
완전한 하나가 되려고 노력합니다

그렇게 서로의 마음에 생채기 내는 일 없이
바다를 향해 흘러갑니다

내 사랑은

바지에 주머니가 없다면
얼마나 불편할까요?
비록 가방처럼 많은 소지품을
담아둘 수는 없겠지만,
열쇠나 동전 같은 거
맨날 흘리고 다니지 않겠어요

비 오는 날 우산이 없다면
얼마나 불편할까요?
비록 내 몸 전부를 완전히
가릴 수는 없겠지만,
온몸이 흠뻑 젖을 테니
구멍가게도 다녀오지 못할 거예요

그런 거예요
내 사랑은……

비록 작고 보잘것없이 보이지만

있어야 할 그 자리에 언제나……
그대가 필요로 할 땐 늘
그대 곁에 함께 있는 것……

그런 거예요
언제까지나 내 사랑은……

다음 세상에서

그대가 아름다운 장미꽃이 된다면
난 수수한 안개꽃이 되었으면 좋겠다

화려한 그대 모습 앞에
작고 볼품없는 모습이겠지만

그대 나로 인해
더욱 아름다움을 뽐낼 수 있는
그런 안개꽃이 되었으면 좋겠다

다음 세상에서
그대가 작고 예쁜 새가 된다면
난 가지 무성한 나무가 되었으면 좋겠다

세상 어디든 갈 수 있는 그대를
늘 기다리며 살아가야 하겠지만

그대 나로 인해

잠시 지친 날개를 쉬어 갈 수 있는
그런 나무가 되었으면 좋겠다

다음 세상에서
그대가 아름다운 사람으로 다시 태어난다면
난 천사가 되었으면 좋겠다

그대가 곁에 있는 나를 알아보지 못하고
다른 이를 사랑하며 살게 되더라도
그대만 바라보며 살 수 있으면 정말 좋겠다

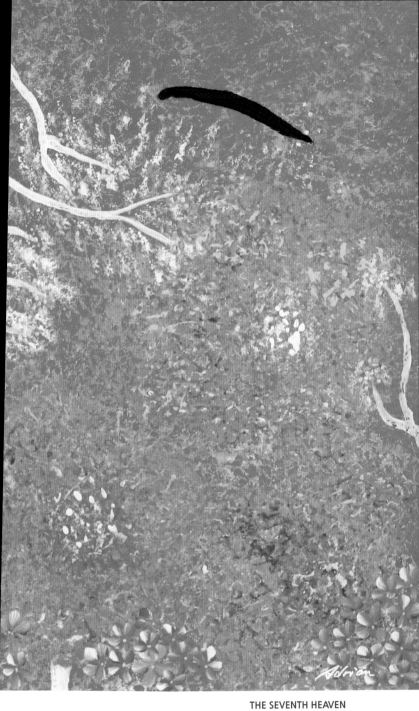

THE SEVENTH HEAVEN
Material : Acrylic Painting

시인의 사랑

누구나 사랑을 하면 시인이 되지만
시인도 사랑을 해야 시가 써지나 보다

사랑의 깊이

처음에 당신을 만나고 당신을 사랑할 땐
우리 사랑의 깊이가
그 깊이를 가늠할 수 없는 바다와 같다고 생각했습니다

하지만 시간이 흘러 당신과 내가
아주 사소한 일에 얼굴을 붉히고
서로의 가슴에 생채기를 낼 때는

아무리 깊어도 그 깊이를 가늠할 수 있는
흐르는 강물과 같다는 생각을 했습니다

그리고 오랜 시간이 흘러
당신과 내가 사랑의 환상을 깨고
일상의 소소한 일들에 시달리고 힘들어하는 지금

당신과 나의 사랑은
눈으로도 그 깊이를 가늠할 수 있는
아주 작은 옹달샘이라 생각합니다

하지만 당신은 아시는지요?

깊이를 가늠할 수 없는 바다와 같은 사랑은
당신과 나뿐만이 아니라 수없이 많은 배가 떠다니고
그렇게 함께 나누어 가지지만

눈으로도 그 깊이를 가늠하는 작은 옹달샘 안에서는
당신과 나 이외엔 그 누구도 나누어 가지지 않는 사랑이
쉼 없이 솟구친다는 사실을요

사랑합니다
당신을 정말로 사랑합니다

사랑은 깊이로 비교하는 것이 아니라
이 넓고 넓은 세상에서 당신과 나만의 작은 영역을 만들고
둘만의 비밀을 나누어 가지는 것만으로도
충분히 행복한 사실이라는 것을

사랑합니다
당신을 정말로 사랑합니다

넓고 깊은 바다와 같은 사랑은 아니더라도
당신과 나만이 울고 웃을 수 있는
옹달샘 같은 사랑만으로도 나는 충분히 행복합니다

그리고 그 작은 옹달샘은
앞으로도 마르지 않고 영원히 솟구친다는 것을
나는 끝없는 사랑으로 확신합니다

당신의 종(從)이 되어드리겠습니다

따뜻한 미소 한 번만으로도 충분한 일입니다

그냥 당신이 편한 곳에서
크게 힘 안 들이는 눈짓 한 번만으로도
난 기꺼이 당신의 종이 되어드리겠습니다

아이처럼 당신을 조르지도 않겠습니다
늘 주고도 되돌려 받지 못하는 사랑이라
불평을 터트리지도 않겠습니다

그저 당신의 모습을
늘 곁에서 바라볼 수 있는 것만으로도
내게는 충분합니다

당신의 행복을 위해서라면
난 기꺼이 당신의 종이 되어드리겠습니다

당신이 내치시지만 않는다면

난 평생을 당신의 종이 되어 살아가고 싶습니다

내 목소리 들리는지요

그대여!
내 목소리 들리는지요
내 마음속 가장 깊은 곳

그 누구도 다다르지 못했던
그 비밀스러운 골짜기에서
그대를 부르는 목소리 들리는지요

때로는 어린아이의 칭얼거림으로
때로는 별빛을 닮은 그리움으로
가슴 벅찬 사랑을 노래하는
내 목소리 들리는지요

그대여!
메아리가 되어 다시 돌아오는
사랑이 아니어도 좋습니다

그냥 내 목소리 들리시면

고개 한 번 돌려 웃어주시면
그것만으로도 행복합니다

그대여 내 목소리 들리는지요
듣고도 애써 외면하는 게 아니라
들리지 않아
내 모습 못 보고 계신 건지요

그대여!
정녕 내 목소리 들리지 않는지요?

소나기

아군인 소나기가
거리를 점령했다

덕분에 나는
그녀의 우산 아래까지
침투하여

그녀와의 거리를
한 뼘 차까지 줄이는
빛나는 전과를 올렸다

LATENT
Material : Digital Painting

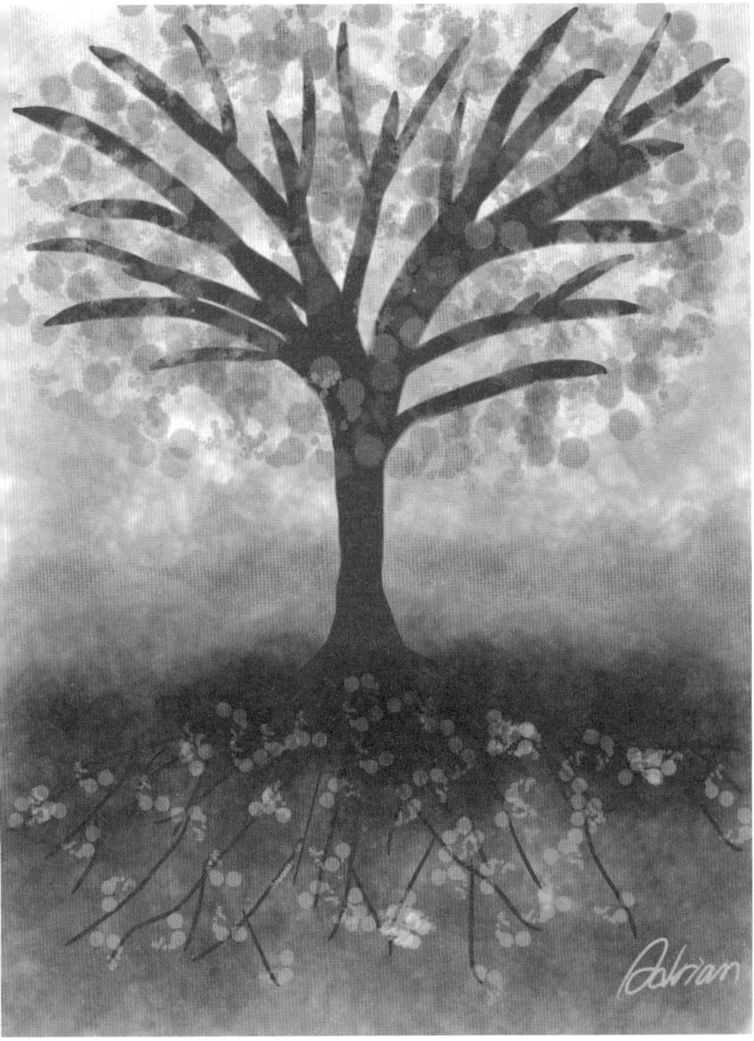

하나님이 주신 사랑

하나님 아버지
당신이 가장 사랑하는 딸을
마음 다치지 않게
눈물 나지 않게
사랑하고 아껴주고
지켜주겠사옵니다

제 몸을 제단에 바쳐
한 줌의 가루로 사라지더라도
그 사람의 행복만을 바라며
살아가겠사옵니다

그 사람의 눈에서 눈물이 나면
제 가슴속에서는 폭풍우보다 더한
분수 같은 눈물을 쏟겠사옵니다

제게는 그런 사람이고
그런 사랑이고

하나님 아버지께는
제 사랑 수천 배 수만 배로
사랑하는 딸이옵니다

그 딸을 제게 주시고
그 소중한 책임을 맡겨주시니
제 몸이 으스러질 때까지
사랑하겠습니다

이 사랑을 믿어주시고
부족한 제게도
기회를 주신 하나님 아버지께
그 영광 돌리옵나이다

_ 크리스천들을 위한 결혼 축시

첫사랑이 그리운 이유

무슨 음식이든
원조란 단어가 앞에 들어가는 게
맛있는 법이지

물론 오래된 전통 때문에
그 맛이 특출 나기도 하겠지만

사람들의 입맛이
자꾸 처음에 길들여져
나중에 나온 것들은
자꾸 처음 것과 비교되기 때문이지

사랑도 마찬가지지

이별 후에 아무리 좋은 사람을 만나도
가끔씩 첫사랑이 그리워지는 건
바로 그런 이유 때문이지

가을 편지

가을에 받는 편지엔
말린 낙엽이 하나쯤은 들어 있으면 좋겠다

그 말린 낙엽의 향기 뒤로
사랑하는 이의 체취가 함께 배달되었으면 좋겠다

한 줄을 써도 그리움이요
편지지 열 장을 빼곡히 채워도 그리움이라면
아예 백지로 보내 오는 편지여도 좋겠다

다른 사람들에게는 백지 한 장이겠지만
내 눈에는 그리움이 흘러넘치는 마법 같은 편지

그 편지지 위로 보내온 이의 얼굴을 떠올리다가
주체할 수 없는 그리움에 눈물을 쏟게 되어도

가을엔 그리운 사람으로부터
편지 한 통 날아들면 정말 행복하겠다

진짜 사랑

사랑하는 사람을 향한 믿음은
상대에게서 오는 게 아니라
나 자신에게서 시작되는 것입니다

조바심 내고 집착하는 시간에
그 사람을 더욱 사랑하고
자신의 꿈을 성취하기 위해
더욱 열심히 노력하세요

그 사람이 살면서 지나치게 될
그 어떤 사람보다
멋있고 능력 있고 아름다운 사람으로
자신을 가꾸어 나가세요

그러면 그 사람
언젠가는 내 사람이 될 수 있으니까요

혼자만의 오해와 질투심으로

바보처럼 자신을 망가뜨리지 마세요

그렇게 소중한 시간들을
사랑이라는 이름으로 낭비하지 마세요

내가 나 자신을 믿는 순간부터
그 사람 역시 내 사랑을 믿어준다는 것을
잊지 마세요

세상 앞에 당당한 내 모습이
진짜 사랑이라는 것을 기억하세요

TOGETHER
Material : Digital Painting

그림자 같은 사랑

낮에도 별은 뜨지만
눈부신 태양빛에 가려
사람들의 눈에 보이지 않듯이

나 언제나 당신 곁에 서 있지만
수많은 사람에 가려
당신의 눈에 보이지 않나 봐요

나,
밤마다 뜨고 지는 별이 아니라
늘 당신 곁에서 떨어지지 않는
그림자 같은 사랑인데

당신은 보이는 것들만 믿으려 하시는군요
마음속에 담아두고 보이지 못하는 사랑은
끝내 외면하려 하시는군요

나 그렇게 당신의 그림자 같은 사랑인데……

사랑은 모든 허물을 가리우느니라

미움은 모든 다툼을 일으켜도
사랑은 모든 허물을 가리우느니라

네가 누군가의 허물을 들추면
너의 영혼이 힘들어지지만

네가 누군가를 사랑으로 감싸면
너의 영혼은 빛으로 가득해지느니라

그 빛이 온 세상을 감싸게 되면
온 세상에 미움과 다툼이 없어지노라

그게 내가 꿈꾸는 세상이었고
내 자식들에게 만들어주고 싶은
천국이었노라

그 천국을 위해

나는 가시면류관을 쓰고도

환하게 웃고 있노라

_잠언 10 - 12

아프지 마세요

아프지 마세요
당신이 아프면 내 마음은
정말 많은 상념으로 미안해진답니다

혹시나 내가 당신 속을 썩여서
아프신 건 아닐까

혹시나 우리 함께 먹은 저녁 식사에
체하신 건 아닐까

혹시나 손잡고 길을 걸으며
차가운 바람을 너무 맞아 감기에 걸리신 건 아닐까

그렇게 당신이 아프신 게
전부 내 책임 같고 내 잘못처럼 느껴집니다

아프지 마세요
이제 우리 하나의 사랑 안에서 함께하기에

당신이 아프시면 쌍둥이처럼 저도 아프고
내가 아프면 당신이 나보다 더
몇 십 배 몇 백 배 아파하실 거라는 걸
알고 있기 때문입니다

우리 서로를 너무나 사랑하기에
아프지 말고 영원히 행복하기를
바라고 또 바라봅니다

내 사람

사랑은 변하지만 사람은 변하지 않는다
그래서 나는 사랑을 믿지 않고 사람을 믿는다

그 사람이 좋다

나는 그 사람이 좋다
그런데 사람들이
자꾸 나에게 물어본다

그 사람의 외모와
그 사람의 직업과
그 사람의 성격을

하지만 나는 그 사람이 좋다

나는 그게 전부일 뿐인데
사람들은 자꾸
나에게 그 사람에 대해서 물어본다

당신을 사랑하는 사람

술을 마시다 문득
목소리 듣고 싶어지는 사람은
당신이 사랑하는 사람입니다

아름다운 음악을 듣다가
불현듯 생각나는 사람은
당신이 사랑하는 사람입니다

혼자 밥을 먹으며
그 쓸쓸함에 그리워지는 사람은
당신이 사랑하는 사람입니다

슬픈 일이 생겼을 때
그 어깨에 기대어 울고 싶은 사람은
당신이 사랑하는 사람입니다

그렇게 당신이 필요로 할 땐
언제나 당신 곁에 있어줄 수 있는 사람

GAZING II
Material : Acrylic Painting

그 사람이 당신을 사랑하는 사람입니다

당신에게 그런 사람
꼭 나였으면 좋겠습니다

사랑의 상처를 두려워하지 마세요

두려워하지 마세요
아주 오래전에 누군가를 만나

그 인연 때문에
가슴속에 큐피드의 화살이 박히고

그 화살촉이 후벼놓은
마음속의 아물지 않은 상처 때문에

당신의 마음을 두드리는
새로운 인연을 자꾸 밀어내지 마세요

사랑의 상처란
마음이 다치고 베일수록
고름으로 짓물러지고
흉터로 남는 것이 아니라

그 상처 위에 새살들이 덮여

더욱 단단해지고 아름다워지는 것이랍니다

당신의 마음을 두드리는
새로운 인연을
사랑의 상처 때문에
자꾸 밀어내지 마세요

어쩌면 그 사람
당신에게 마지막 사랑일 수도 있으니까요

나는 당신을 바람으로 만났다

나는 당신을 바람으로 만났다
민들레 피는 삼월에 불어온 봄바람 속으로
한없이 가벼운 내 몸을 던졌다

그리하여 당신과 나는 한 몸이 되었다
세상 어디든 자유롭게 갈 수 있는 당신을 따라
그렇게 내 영혼도 자유로워졌다

당신은 익숙한 길들로 낮게 비행을 하며
내게 세상을 보여주었다

그리고 따뜻한 시선과 부드러운 말투로
깊은 가르침을 주려 애썼다
세상의 모든 사물과 생물이
당신에게는 친구였다

나는 당신을 바람으로 만났다

당신을 통해 처음으로

내 품에 세상을 안을 수 있었으며

세상을 넓게 사랑하는 법을 배웠다

당신은 내가 버리지 못하는 욕심들을 버려

좀 더 가볍게 날 수 있는 방법을 가르쳐주었으며

내가 가야 할 길과 가지 않아야 할 길을 보여주었다

당신은 가난한 내 영혼조차도

소중한 것임을 알게 해주었고

더 이상 내가 혼자가 아니라는 사실을 믿게 해주었다

그렇게 나는 당신을 만난 이후로

내가 살아온 세상 안에서

또 다른 세상을 보게 되었다

그리고 당신이 가르쳐준 사랑 안에서
살아가는 일이
얼마나 아름다운 일인지를 알 수 있었다

나는 당신을 바람으로 만났다
당신을 통해 빛으로 살아갈 수 있게 되었다

LITTLE FEATHER
Material : Digital Painting

쓰다 만 콩깍지

옛날 옛날에 한 시인이 살고 있었다
그 시인은 어느 날 사랑에 빠져
콩깍지라는 제목으로 시를 쓰고 싶었다

하지만 그 시인은 끝내 그 시를 쓰지 못했다
왜냐하면 그 시인의 연인은
너무너무 미인이어서

그 시인의 눈에
그가 사랑하는 여인이
예쁘고 사랑스러워 보이는 것은
당연한 일이었기 때문이다

그리고 오랜 시간이 흘러
그 시인의 후손들이 사랑을 하고 있다

하지만 그 후손들 역시
모두 미남 미녀들하고만

사랑에 빠져 있기 때문에

앞으로도 영원히 콩깍지라는 시는
이 세상에 나오지 않을 것 같다

그냥 당신이기에

홀로인 시간이 두려워
당신을 사랑한 건 아닙니다

삶이 힘들어 누군가에게 기대기 위해
당신을 사랑한 것도 아닙니다

산 너머에 있는 행복을 구하기 위해
당신을 사랑한 건 더더욱 아닙니다

계절이 찾아오면 꽃이 피듯
언제나 하늘에는 해가 떠 있듯

그냥 당신이기에
그 자리에서 서면 언제나 변함없이
당신이 있기에
나는 당신을 사랑합니다

축복받은 사랑

돈이나 물질로 주는 사랑은
누구나 할 수 있는 사랑입니다

내가 그 사람 곁에 없으면
누구나 그 틈을 비집고 들어올 수 있는
사랑입니다

세상에,
정말 이 세상에 하나밖에 없는

그 누구도 복제할 수 없는
당신의 마음을 주세요

그런 사랑을 하세요
그런 마음을 소중하게 생각하는
바로 그 사람을 만나세요

그게 축복받은 사랑입니다

부족한 사랑

우리는 서로에게
늘 부족한 사람입니다

더 주지 못하는 관심과
더 주지 못하는 사랑에
늘 가슴 아픈 사람입니다

함께 보는 뮤지컬 한 편
함께 먹는 저녁 식사 시간에도

혹시나 당신이 불편하지 않았을까
혹시나 당신이 억지로 웃음 짓지 않았을까
가슴 졸이며 애태우는
조바심 가득한 사랑입니다

우리 서로에게 그런 마음으로
애틋하고 간절하기에

서로에게 부족한 사람이지만
다투거나 상처 주는 일 없이
서로를 사랑합니다

그렇게 부족한 사랑이지만
오늘도 당신을 그리워합니다

내 마음속으로 들어온 당신이 사는 일입니다

당신의 눈에 물결 드센 강물을 바라보면
그 강은 흐르지 않는 호수가 됩니다

당신의 발걸음이 황량한 사막을 지나면
그 사막은 꽃이 만발한 정원이 됩니다

당신의 영혼이 내 믿음 안으로 들어오면
이제 내가 사는 것이 아니라
내 마음속으로 들어온 당신이 사는 일입니다

첫사랑

우체통에 편지를 넣고
반나절을 우체통 앞에 쪼그리고 앉아
우체부 아저씨를 기다린 적이 있었지

편지를 되돌려 받기 위해
그렇게 아직 덜 익은 내 사랑을
한 번 더 마음속에 묻어두기 위해

차마 사랑한다고 고백하기엔
내 모습 너무 부족해 보여
마음속으로만 몰래 감추어두고
열렬히 사랑했던 그런 사람이 있었지

내게도 그런 눈꽃 같은 시절이 있었지

Part 2 이별

사랑은 피지 않고 시들지 않는다

사랑은 피지 않고 시들지 않는다
지금 누군가 그대 곁을 떠나려 하고 있다면
그 사랑은 이미 오래전에
그대 앞에서 꽃망울을 터트렸을 것이다

단지 그대의 무관심이
그대의 어리석음이
그 꽃의 아름다움을 알아차리지 못하고
지켜내지 못한 것이다

결코 사랑은 시들면서
그대가 내어준 척박한 마음의 땅을
그대가 돌보지 않은 꽃봉오리를 두고
원망의 눈짓을 보이지 않는다

그렇게 잎이 무성한 가을 나무가
겨울바람에 순종을 하고 벌거숭이가 되듯
마음속의 미련마저도

소리 없이 놓아버리고 떠나가는 것이다

그대는 그리움이라는 화병 안에
떨어진 꽃잎을 다시 주워 담으려 할지 모르지만

그대 앞에서 한 번 피어올랐다
시들어버린 마음의 꽃은
두 번 다시 그대 앞에서
같은 모습으로 피어나지 않는다

사랑은 피지 않고 시들지 않는다
결국 이별의 아픔이란
그 사랑의 소중함을 알아차리지 못한
어리석은 당신의 몫일 뿐이다

욕심내지 않고 바라지 않고
그냥 강물 흘러가듯이

그렇게 시간이 지나면
저절로 이루어져 있거나

내 것이 아니었다면
내 눈앞에서 사라지거나

억지로 물길을 바꾸어
잠시 그 마음
내 마음으로 흐르게 만들 수도 있겠지만

모래로 쌓아 올린 물길은
언젠가는 내 마음처럼 허물어져
다시 자신의 길로 돌아간다는 것을

이별 후에야

그리고 그 이별 후
아주 오랜 시간이 흐른 후에야

그 강은 처음부터
내게로 흐르는 강이 아니었음을

난 당신의 사람이 아니었음을

등 돌린 사랑조차 아름다운 건

등 돌린 사랑조차 아름다운 건
그 안에 그대가 숨어 있기 때문입니다

여전히 잘라내지 못한
내 마음속의 그리움들이
지난날 더 주지 못한 사랑을
안타까워하고 있기 때문입니다

겨울 아침
사람들 모르게 밤사이에 눈이 내려
초라한 겨울나무 위로도
새하얀 눈꽃이 피어나듯

언젠가 나도 모르게
앙상한 내 삶 속으로 다시 돌아와
환하게 웃고 있을 그대를
생각하고 있기 때문일지도 모릅니다

눈앞에서 등 돌려 떠나가신 후에도
내게는 늘 진행형인 사랑……
그렇게나 참으로 보고 싶은 사람……

오랜 침묵 후에 뱉어내신 그 한 마디가
그렇게 덜어내신 무거운 짐이
못내 안쓰러워 자꾸 돌아보시던
그 따스한 마음이 남아 있기 때문입니다

등 돌린 사랑조차 아름다운 건
그 사랑 안에서 행복했기 때문입니다

그대가 남겨주신 아름다운 추억들이
내게는 살아가는 마지막 이유이기 때문입니다

SNOWY ROSE
Material : Digital Painting

이별을 이야기하는 그대 앞에서

참으로 많은 말을
했던 것 같은데······

그래서 목이 쉬어
더 이상 아무 말도
안 나오는 줄 알았는데······

참으로 많은 행동을
보였던 것 같은데······

그래서 온몸에 기운이
쭉 빠져버린 줄 알았는데······

돌아서서 생각해보니
"알았어"라는 말 한마디와
슬픈 고갯짓 몇 번······

장마

눈물자욱으로 오선지에
악보를 그려

이제 다시 처음일 수 없는
당신에게
연가를 보냅니다

아픔은 진한 울림이 되어
설움이 되어

내 당신에게 못 다한
언어들을 잠재우려
무던히도 애썼지만

"사랑해"라는 한마디는
기어이 감추지 못해
그렇게 밤하늘은 비집고 올라

세상에는 우리 추억 가득한

비만 내리고 있나 봅니다

맥주 거품 같은 사랑

거품이 넘치도록 유리잔에 맥주를 따라본 적 있으세요?
그렇게 유리잔 위로 넘치는 거품을 닦아내며
호들갑을 떨어본 적 있으세요?
그러다 막상 거품이 가라앉은 후에
맥주를 마시려고 유리잔을 들면
투명한 유리잔 안에 맥주는
우습게 채 반도 채워져 있지 않네요.

당신의 사랑도 혹시 그런 사랑이 아니었나요?

말로는 세상 전부를 다 안겨줄 것처럼
호들갑을 떨고 요란스러운 사랑이었지만
막상 이별 후에 생각해보니
당신의 마음 반도 열어 보이지 못하고 표현하지 못했던
그런 거품 같은 사랑……
거품이 사라진 후에
남은 잔을 마저 채워주어야 하는데
이미 그 사람은 반밖에 채우지 못한 그 잔을 마시고

벌써 자리에서 일어나 버렸네요.

그래서 이렇게 후회하고 있나 보네요……
그래서 이렇게 미치도록 그리워하고 있나 보네요……

그 사람의 눈물을 보았습니다

그 사람의 눈물을 보았습니다
그래서 붙잡지 않았습니다

흔한 이별의 핑계들로
나를 달래려 들었다면

난 절대로 그 사람을
쉽게 떠나보내지 않았을 겁니다

설령 그 사람의 눈물이
거짓이었다고 해도
난 괜찮습니다

정말로 이별에 가슴이 아픈 사람은
이별의 순간에 해야 할 말이 생각나지도
그 어떤 말도 할 수 없기 때문입니다

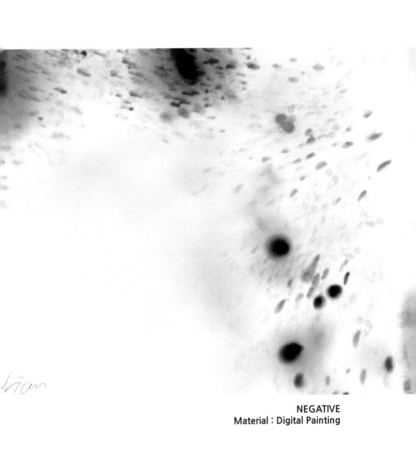

NEGATIVE
Material : Digital Painting

생각 나름

무엇인가를 잃어버려
속이 상할 땐

나보다 더 필요한 사람이
그것을 주워

나보다 더 유용하게
쓰고 있을 거라 생각해버려

그럼 한결 기분이 나아질 거야

그래,
사랑 역시도……

부탁

그대 떠나며 마지막 부탁이 있다기에
그대 잊어달라는 부탁만 아니라면
뭐든지 다 들어줄 거라고 이야기하라고……

그대 떠나며 마지막 부탁이 그거였다고
내 부탁 뭐든지 다 들어줄 테니
잊어주면 안 되겠냐고 부탁이라고……

다른 부탁 다 들어줄 테니
잊어달라는 말은 제발 하지 말아달라고
그게 그대에게 하는 내 마지막 부탁이라고……

당신이 그리운 나는

산이 그리운 사람들은
해 질 녘의 노을을 사랑하고

바다가 그리운 사람들은
짠내 나는 바람을 사랑하고

당신이 그리운 나는
눈물 나는 이별조차도 사랑한다

그대를 알게 된 이후로 그리움을 알았습니다

그대를 알게 된 이후로
그리움을 알았습니다

그리움이란,
화선지 위에 뿌려지는 먹물처럼

그대라는 슬픔이
내 마음을 온통 새까맣게 태워가는 일

그대를 알게 된 이후로
그리움을 알았습니다

사랑보다 더욱 지독한 그리움을 배웠습니다

변명

사랑도 연습이 필요한 걸까?
다시 처음일 수만 있다면
정말 잘해낼 수 있을 것 같다

사랑의 그물

사랑과 미움을 씨줄과 날줄로 엮어서
그물을 만들다

그 그물 안에 내 사람을 가두다

처음에는 그 그물 너무 질기고
간격이 촘촘해

내 사랑 그 그물 안에서
빠져나오지 못하더라

그 그물 안에서 행복해하며 살더라

하지만 시간이 흐르니
그 그물도 헐거워지고
그 사랑도 시들해지더라

살아보니 그게 인생이고
그 그물 안에 가두었던 내 사랑도
파도가 만들어낸 꿈이었더라

한 사람이 한 사람을 사랑하다
그 사람과 이별을 할 때
가장 비참해지는 이유는

그 사람의 마음을 돌보느라
내 마음은 이미 피멍이 들어 있는 것조차
몰랐다는 것

하지만 그 이별의 이유가
내 마음의 피멍이 보기 싫어서였다는
끝없는 사랑의 변주곡

태초부터 내려온 사랑의 모순들
시간이 지나면 그런 이별조차도 사랑이었다는
순환의 띠

미련

이제는 너의 이름에 너의 음성에
설레지 않으리라 슬퍼하지 않으리라

간데없는 너를 찾아 맨발로 너를 찾아
찢긴 맨살 위에는 무명 한 번 못 감기우고

네 앞에서 백치 같은 웃음
이제는 거두리라 이제는 지우리라

소리쳐 몸부림쳐 너 한 번 보아주면
떠나는 너 언젠가는 돌아오겠지

기나긴 몇 날 며칠 밤
잠 못 들고 수저 한 번 못 들다가

하마 달이 기울고 계절이 지면
정화수 앞 내 몸뚱이 돌부처 되어 있다

아무리 미워하려고 해도
미워할 수 없는 사람이 있습니다

그 사람 언제나 내 마음을 아프게 해,
마음속에서 지워버리려 무던히 노력해도
지워지지 않는 얼굴이 있습니다

그 사람 때문에 가슴 아팠던 일……
그 사람을 향한 그리움 때문에
수없이 많은 밤을 하얗게 지새우며 힘들어했던 일……

내 몸에 흐르는 세포 혈관 하나하나에 스미어 있는
그 아픔들을 모두 떠올리며 마음속에서 떨쳐내 보려고,
아니 버릴 수 없다면 마음 한구석으로라도 밀쳐내 보려고
아무리 노력해도 미워할 수 없는 사람이 있습니다

그 사람이 바로 당신입니다
남의 사람이 되어 떠나간 지 몇 해가 흘러서도

여전히 내 마음 전부를 가지고 있는 사람이
바로 당신입니다

죽을 만큼 아파하고 죽지 못해 힘들어하며
이렇듯 눈물 안에서 살아가면서도
바보처럼 당신을 미워하지 못하고
당신을 잊지 못하고 있습니다

당신을 향한 그리움에 눈이 멀어
다른 이는 쳐다보지 못하는
바보 같은 삶을 살아가고만 있습니다

그래도 지금 나는 눈물 나도록 행복합니다

아무리 미워하려고 해도
미워지지 않는 사람이 있다는 것만으로도……
아무리 잊으려고 해도
잊히지 않는 사람이 있다는 것만으로도……

"Girl's Tears"
Material : Digital Painting

슬픈 질문

일 년 만에 만난 친구가
가장 먼저 당신의 안부를
물어 오더군요

당신이 곁에 있을 땐
가장 행복했었을 질문이

당신이 없는 지금
세상에서 가장 슬픈 메아리로
들려와요

당신도 듣고 있나요?
우리 사랑이 울고 있는 소리를……

나 혼자만 아픈 줄 알았습니다
그래서 고래고래 소리도 질러보고
그 못 마시는 술을 밤새워 마시기도 했습니다

나 혼자만 아픈 줄 알았습니다
그래서 끝없는 원망의 말로 밤을 지새우고
서러운 눈물을 토해내기도 했습니다

정말 나 혼자만 아픈 줄 알았습니다
먼저 이별의 이야기를 꺼낸 당신은 아무렇지도 않고
그렇게 초라하게 버려진 나만 아픈 거라 생각했습니다

그래서 한때는 당신을 미워하고 또 미워했습니다
당신 앞길에 먹구름이 드리워
그 쏟아지는 폭풍우 안에서 간절히 부르는 이름이
나이기를 바라고 또 바랐던 시절이 있었습니다

하지만 오랜 시간이 흐른 지금에 와서야

당신 역시도 나처럼 아파했다는 걸 알게 되었습니다

세상에 사랑이라는 이름으로 하나가 되었다가
다시 두 개로 갈라서는 일 앞에서
아파하지 않을 사람은 없다는 것을
이제야 깨달을 수 있는 나이가 되었습니다

그래서 다시 당신에게 미안해집니다
아픈 내색 하나 하지 않고 떠나가신 당신이
얼마나 나를 사랑했었는지를……

그 시절 바보처럼 나는
나 혼자만 아픈 줄 알았습니다

이제야 당신의 깊은 사랑 앞에서 무릎 꿇고
당신을 미치도록 그리워하며
간절히 당신의 행복만을 소원하며 살아가고 있습니다

그대 없는 하루…… 이틀…… 그리고 사흘

한때는 매일처럼 만나자는 전화에 괜시리 짜증도 내고
나를 너무 구속한다며 부담스러워했던 사람……

그랬던 그대 없는 하루…… 이틀…… 그리고 사흘

할 일 없는 주말 오후에 만나기로 약속해놓고도
친구와 야구 구경 가느라 그 약속 지키지 못하고도
오히려 내가 먼저 화를 냈던 사람……

그랬던 그대 없는 하루…… 이틀…… 그리고 사흘

내 생일날 고운 포장지에 담아온 손목시계
그 손목시계의 줄이 마음에 들지 않는다고 내가 투덜거려도
미안하다며 사과만 하던 사람……

그랬던 그대 없는 하루…… 이틀…… 그리고 사흘

그리고 지금은 목소리만이라도,

아주 잠시나마 지나가는 버스의 차창 너머로

얼굴이라도 한 번만 볼 수 있다면

간절한 바람으로 눈물 나게 만드는 사람……

그렇게나 사랑하는

그대 없는 하루…… 이틀…… 그리고 사흘

기어이 떠나보내고 나서야

뒤늦은 후회로 살아가야만 하는 시간들……

놀이터에서

빨간 옷을 입은 계집아이가
그네를 타고 있다

파란 옷을 입은 사내아이가
그네를 밀어주고 있다

물끄러미 그 모습을 바라보다
그대 생각이 나서 눈물을 훔쳤다

그렇게 또 하루를 살았다

슬픈 기대

살아 있어서 다행입니다
아니 살아주셔서 고맙습니다
물론 이제 다른 사람에게 떠나간 당신이
저를 위해 살아가시는 건 아닐 테지만

그래도 다행이고
당신에게 눈물겹도록 고마운 건

같은 하늘 아래 당신이 살고 있고
그 하늘 안에 촘촘하게 박혀 있는
아름다운 별들 중의 하나를

당신과 내가 똑같이
바라보고 있을지도 모른다는

내 맘속에 순수한 기대 하나는
남겨두셨기 때문입니다

달리기

달리는 법만 가르쳐주셨지
멈추는 법은 가르쳐주지 않으셨습니다

그래서 내 마음은
오늘도 쉼 없이 달려갑니다

이미 그대 마음을
훨씬 지나쳐 온 것을 알고 있으면서도

사랑하는 사람과는
같은 장소를 자주 가지 마세요

먼 훗날 이별을 하게 되어
혼자 그곳을 찾아가면
그 사람의 안부를 묻는 사람
꼭 있을 테니까요

사랑하는 사람과는
같은 노래를 듣지 마세요

먼 훗날 이별을 하게 되어
혼자 그 노래를 듣게 되면
그 사람이 생각나
가슴이 아플 테니까요

사랑하는 사람과는
함께 영화를 보지 마세요

먼 훗날 그 사람이 잊힐 때쯤

일요일 오후 TV에서 함께 보았던 영화가

난데없이 방송되면

잊었던 그 사람이 떠올라

한참을 울게 될지도 모르니까요

덕수궁 돌담길

사랑하는 연인이
덕수궁 돌담길을 함께 걸으면
이별하게 된다면서요

그땐 정말 몰랐어요
노란 은행잎들이 너무 예뻐서
그대가 낙엽을 밟고 싶다고 해서

어디 우리가 덕수궁 돌담길을
함께 걸어서 이별했겠어요

하지만 그대와 이별하고 나니까
별게 다 마음에 걸려서요

지금이라도 이별을 돌릴 수만 있다면
세상 사람들이 손가락질하는
어떤 미친 짓이라도
다 할 수 있을 것 같아서요

사랑의 진실

그 사람은 너에게 아무런 해도 끼치지 않았다
그 사람은 너에게 사랑을 구걸하지도 않았다
그 사람은 너에게 아무런 약속도 하지 않았다
그 사람은 너에게 삶의 우산을 빌려 쓰지 않았다

그게 진실이다

다섯 명의 아이가 네 앞에서 군무를 추고 있었다 한들
그 아이들의 움직임이 너의 영혼을 흔들어놓지는 못했다

그러니 그 사람을 원망하고 미워하지 말아라
네 마음대로 사랑하고
네 마음이 받아들이지 못한 사랑 때문에
눈물짓지 말아라

독수리의 눈물을 본 적 있는가?
진실은 허튼 눈물로 사람들을 현혹하지 않는다

한 번쯤은 그 사람과
눈물 나게 잘 살아보고 싶어

비록 그 시간이
내게 주어진 수많은 날 중에
단 하루일지라도

그 하루를 추억하며
살아가는 남은 날들이

멀리서 그대의 행복을 지켜보는
그런 오랜 기다림의 시간이라 할지라도

내게도 한 번쯤
그런 기회가 주어진다면

난 이 세상에서
가장 행복한 모습으로
죽을 수도 있겠어……

잔인한 사람

당신은 끝내 이별이라고
나에게 이야기해주지 않는군요
그냥 잠시 멀리 떨어져 바라볼 뿐이라고
몸은 떨어져 있겠지만 마음만은 그대로라고

잔인한 사람, 손톱만큼의 미련일지라도
그게 남겨진 사람에게는
얼마나 큰 고통인 줄 아시는지

그렇게 버리지 못하는 기대가
얼마나 사람의 피를 마르게 하는 일인지를
알면서도 그러시는 건지

당신은 끝내 이별이라고
나에게 이야기해주지 않는군요
끝까지 마음속에 사랑을 남겨두고
떠나려 하시는군요

정말로 당신은 내게 잔인한 사람입니다

시린 겨울 슬픈 아침

유리창에
너의 이름 석 자 썼다가

차마 마음 아파
손으로 지우지는 못하고

하얀 입김만
불어대고 또 불어대고

그러다 힘없이 돌아서는
시린 겨울 슬픈 아침

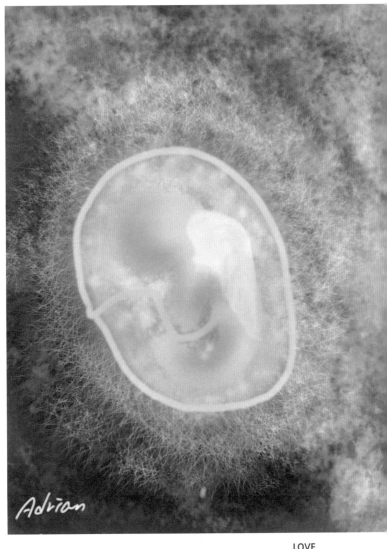

LOVE
Material : Digital Painting

당신의 날개

처음엔 당신의 날개를 사랑했습니다
당신의 아픈 날개를 치료해
당신이 다시 날 수 있게 된다면

그 날개에 내 몸을 섞어
나 역시도 당신과 함께
태양을 향해 날아갈 수 있을 거라 믿었습니다

하지만 미처 깨닫지 못한 것이 있습니다
당신의 날개는 당신을 자유롭게 만들지만
그 날개를 지배하는 건
당신의 영혼이라는 것을

난 그 영혼까지 사랑하지 못했다는 것을

왜 하필 당신은

보내고 쉽게 잊히는
사람이면 좋았을 텐데

왜 하필 당신은
보내고 더욱 그리워지는 사람일까요

보내고 죽도록 미워지는
사람이면 좋았을 텐데

왜 하필 당신은
보내고 더욱 사랑하게 되는 사람일까요

보내고 아무 미련 남지 않는
사람이면 좋았을 텐데

왜 하필이면 당신은
보내고 더욱 눈물 나게 하는 사람인가요?

이별

이별은 눈에 보이는 허상이다. 느껴서 슬퍼하기보다는 보아서 외로워지는 관념이 아닌 현상이다. 이별 앞에서 흘리는 연인들의 눈물은 만남의 불로초와 같아서 사람들은 양동이를 든 채로 연인들의 웃음을 칼로 찌른다. 벌겋게 흘러내리는 선지피. 백정의 이마엔 송아지의 그리움을 먹고 사는 벌레가 있다.

가을 흔적

아침저녁으로 바람이 무척이나 차다
이제 옷장에서 가을 옷들을 꺼내야겠다

그대가 좋아해서 즐겨 입었던
짙은 청색 재킷도
어느 해 가을 그대가 선물해줬던
베이지색 스웨터도

여전히 내게는 숙제처럼 남겨진
그대의 흔적들을
낡은 옷장 서랍에서 꺼내야겠다

언제나처럼 가을은
변함없이 나를 찾아오지만
오래전 나를 떠난 그대는
다시 나를 찾지 않는다

REFLECTION
Material : Digital Painting

사랑 정의

누군가 내게
사랑을 물어 온다면

그대의 사진과
그대가 보낸 편지들과
그대가 준 선물들을 보여주고

그대와 내가 자주 가던
그대 집 앞 공원에 가서

나의 눈물을 보여줄 것 같다

한날한시에는 아니더라도
우리 서로가 마주칠 수 있는
같은 시간 안에서 태어나기로 해요

아주 가까운 곳에서는 아니더라도
우리 서로가 그리움을 느낄 수 있는
같은 하늘 아래서 태어나기로 해요

다른 이름으로 살게 되더라도
우리 서로가 지나쳐 알아볼 수 있게
같은 모습으로 태어나기로 해요

그렇게 우리,
천년 후에 다시 만나기로 해요

제발 다시는 서로를 떠나보내고
눈물로써 후회하지 않기로 해요

사랑만 하다 그 사랑 안에서

눈감을 수 있기를……

영원히 약속해요……

우리 천년 후엔……

네가 보고 싶어질 때면

아직도 네가 보고 싶어질 때면
친구들과의 술자리에서
슬그머니 너의 얘기를 꺼내놓는다

누군가의 입에서 흘러나온 너의 얘기는
곧 나에게는 너의 얼굴이 되고
너의 모습이 된다

술잔을 만지작거리며
그랬었지……
그렇게 착한 아이였지……

그렇게 애써 눈물 참으며
보고 싶다……
정말로 보고 싶다고……

이렇게 될 줄 알았다면

이렇게 될 줄 알았다면
조금만 사랑할 걸 그랬습니다
그대 없이도 살아갈 수 있는
쥐구멍 하나는 만들어둘 걸 그랬습니다

이렇게 될 줄 알았다면
그대를 만나지 말 걸 그랬습니다
그대 아닌 다른 사람 만나
조금만 사랑하며 살 걸 그랬습니다

이렇게 될 줄 알았다면
나 세상에 태어나지 말 걸 그랬습니다
그대보다 조금 높은 곳에서
그대를 바라보며
언젠가는 내 곁에 다가올 그대를
아픔 없이 기다릴 걸 그랬습니다

재회

언젠가는 다시 만나게 될
사람인 줄 알면서도

그렇게도 다시 만나기를
바라왔던 사람이면서도

우린 우리가 자주 가던
그 거리 그 버스 정류장 앞에서
서로가 홀로인 채 다시 만났건만

우리 어제 이별했던 사람들처럼
오늘 하루의 일과만을 힘들게 묻고

넌 내가 목적 없이 타곤 했던
좌석버스를 타고 집에 가고

난 언젠가는 다시 만나게 될
널 그리며
버스 정류장에 홀로 남고……

겨울나무에게 묻다

가슴 시리도록
새하얀 눈 위에 찍힌
낯선 사람의 첫 발자국

나무야 너는 보았니?
그 발자국의 주인을

나 몰래 밤사이에 다녀간
낯선 사람의 모습을……

어쩌면 내가 사랑했던 사람,
함께 첫눈을 맞기로 지난날
약속했던 그 사람을……

나무야 너는 보았니?
나 몰래 다녀간 발자국의 주인을

그 사람의 두 볼에 흐르던
그리움의 눈물을……

Adrian

줄 수 있는 건
그대를 떼어놓으면
아무짝에도 쓸모없는 마음 하나라

그 마음 건네주기 차마 부끄러워
오랫동안 마음 죽이며 살았습니다

그 마음 들켜
웃음이라도 사는 날에는
내 마음 아닌 척 버려야 할지 몰라
감추고 또 감추고 살았습니다

그대 내 마음 영영 모르고
남이 되어 떠나가던 그날 밤에

아무도 모르게 그 마음
눈물로 꽁꽁 묶어
바다에 던져버렸습니다

146

그대를 떼어놓으면
아무짝에도 쓸모없는 마음 하나라
버려도 아픈지 모르겠더이다

죽어도 내가 아닌 듯
한가로운 파도 소리만
귓속에서 맴돌다 사라지더이다

기억상실증

머리를 심하게 다쳐
기억상실증에라도
걸렸으면 좋겠어

그러면 그대 생각 잊어버려
밤마다 잠 못 들지는 않을 테니까

하지만 나 죽어서
세상의 모든 기억 다 지워버리고

단 하나의 기억만을
가슴속에 묻어야 한다면

그때에는……
그대 이름 석 자만을 기억하겠어

너무나 사랑해서 헤어진다는 말
이제는 믿지 않습니다

그냥 조금만 사랑해서 작은 바람에도
걷잡을 수 없는 흔들림에 제 몸 하나 제대로
가누지 못하던 사랑이어서

그래서 지켜내지 못하고 더 안아주지 못하고
속절없이 무너트려 버린 사랑

너무나 사랑해서 헤어진다는 말
이제는 믿지 않습니다

산이 바위가 되고 바위가 돌멩이가 되고
돌멩이가 한 줌의 모래가 되어도

죽도록 사랑하는 사람들에게는
결코 이별의 순간이 찾아오지 않기 때문입니다

인생이라는 긴 여행길에서
우리 잠시나마 서로의 여정이 하나로 포개져
나란히 걸어가던 시절이 있었습니다

나 그때 너무나 행복했었고
차마 당신께 묻지는 않았지만
당신과 나의 목적지가 하나일 거라는
자만심에 빠져 있던 시절이 있었습니다

하지만 우리 이제 두 개의 갈림길 앞에서
서로 다른 길을 선택해야만 합니다

마음 같아서는 내가 가야 할 길을 포기하고
당신을 쫓아가고 싶지만은

운명이라는 드센 물줄기를
차마 거슬러 올라갈 수는 없습니다

아직 내가 가보지 못한 길이기에
힘찬 발걸음을 내딛습니다

언젠가는 이 길의 끝에 또다시
당신과 나의 길이 하나로 포개어질 수 있는

그런 아름다운 시절이 있으리라……
굳게 믿으며……

ALONE WOLF
Material : Digital Painting

그것만은 절대로

내 자존심을 팔라 하시면
언제든지 기꺼이

내 목숨을 버려라 하시면
언제든지 기꺼이

내 영혼을 달라 하시면
언제든지 기꺼이

단, 당신이 주신 마음
그 사랑 돌려달라 하시면
그것만은 절대로.

겨울의 끝에는 경계선이 없다

잊겠다고 약속함이
너 떠나가는
가녀린 목 언저리 위로
눈이 되어 날린다

시간은 길을 잃어버린 듯
내 오늘은 내일의 오늘이 되어
겨울의 끝에는 경계선이 없다

이제 내게 추억이란
기억할 수 없는 현실의 한 모서리일 뿐

시간으로 치유되는 아픔이란
타인에게 있을 뿐이다

그렇게 너를 잊음은
내 멈춰버린 시간 안에서
언제까지나 보류하기로 한다

그 사람 내가 원하는 것을
가지고 있는 사람

내 자존심 다치지 않게
내가 가지고 싶은 것들을
가질 수 있도록 이끌어주는 사람

고기를 직접 주기보다는
오랜 시간이 걸리더라도
내게 고기 낚는 법을 알려주는 사람

그리고 내가 홀로 설 수 있게 되자
홀연히 떠나간 사람

나를 아껴주던 그 마음
뒤늦게 사랑인 줄 알았지만
이제는 다시 볼 수 없는 사람

하지만 미치도록 보고 싶은 사람
나 역시 죽도록 사랑했던 사람

Bonus Track

작은 섬이 있었습니다. 아무도 찾지 않는 섬이니 무인도라고 불러야 했겠지요.

그러던 어느 날 섬 주위에 무섭도록 커다란 폭풍이 일고 그 폭풍에 난파된 배에서 한 여인이 구사일생으로 그 섬까지 떠내려 오게 되었습니다.

그 여인은 바다 건너 육지에서 전쟁에 참가하고 있는 연인을 만나러 가던 길이었습니다.

하지만 사랑하는 연인을 만나려던 여인의 작은 소망은 깨져버리고 여인은 아무도 없는 무인도에서 실의에 빠진 생활을 시작하게 되었습니다.

작은 섬은 그 여인이 애처롭게 느껴지기도 했지만 한편으로는 기쁘기도 했습니다.

외롭게 바다 한가운데 버려진 작은 섬에게 그 여인은 희망과 구원의 빛으로 다가왔으니까요.

그 여인이 작은 섬의 품에 들어온 이후로 작은 섬은 바빠지기 시작했습니다.

게으르게 낮잠을 자는 과일 나무를 깨워 그녀가 배불리 먹을 수 있는 과일이 가지마다 주렁주렁 매달리게 했고 작은 동물들을 시켜 여인과 친구가 되어주도록 했습니다.

여인이 섬에 온 이후로 작은 섬은 하루하루가 기쁘고 바빴습니다.

여인에게 쉴 곳을 만들어주었으며 여인을 위해 매일매일 새롭게 몸단장을 했습니다.

하지만 밤이면 여인에게 찾아드는 연인을 향한 그리움만은 작은 섬도 달래줄 수가 없었습니다.

여인의 눈에 눈물이 글썽거릴 때마다 멍하니 여인이 육지 쪽을 바라보며 한숨을 내쉴 때마다 작은 섬은 가슴이 아팠습니다.

그렇게 몇 해가 지나간 어느 날 섬 주위로 어선 한 척이 지나가게 되었습니다.

그리고 여인은 필사적으로 그 어선에게 구조 신호를 보내기 시작했습니다.

다행이었을까요? 아니면 불행이었을까요?

작은 섬 주위를 지나가던 어선이 그녀를 발견했습니다.

그렇게 여인은 낯선 어부들과 함께 작은 섬을 떠나가고 작은 섬은 아프기 시작했습니다.

나무들은 모두 시들어가고 작은 섬은 파도에 조금씩 쓸려 바닷속으로 가라앉아 갔습니다.

그리고 작은 섬에게 바다 건너 육지에서 불어온 바람이 여인의 소식을 전해주었습니다.

여인이 육지로 돌아갔을 때 이미 전쟁은 한참 전에 끝나 있었으며 여인의 남자는 여인이 배가 난파되면서 죽은 줄 알고 다른 여자와 결혼을 했다는 겁니다.

그리고 그 여인은 그 사실에 상심한 채 또다시 행방불명이 되었고요.

작은 섬은 여인의 불행만큼 바닷속으로 가라앉으며 죽어 갔습니다.

그렇게 또 몇 년이 흘렀을까요?

이제 한 사람이 겨우 앉을 만큼의 바위만 남긴 채 작은 섬은 바닷속으로 가라앉았습니다.

그런데 웬일입니까? 여인이 작은 나룻배 한 척에 몸을 맡긴 채 힘들게 노를 저어 바다 저쪽에서 다가오고 있는 게 아닙니까?

여인은 작은 섬을 찾는 듯 필사적으로 다가왔지만 작은 섬이 보이지 않자 무척이나 상심한 듯 했습니다.

그리고 또다시 파도가 일어 여인이 탄 배가 뒤집히고 여인은 겨우 작은 섬의 바위에 몸을 기댄 채 작은 섬과 함께 바닷속으로 사라져 갔습니다.

COME INTO BLOOM
Material : Acrylic Painting

많이 사랑하니까 많이 미워지는 법이지요.
사소한 그대의 말 한 마디 의미 없는 몸짓 하나에도
늘 가슴 아파하고 서운해지는 법이지요.

많이 사랑하니까 늘 보고 싶어지는 법이지요.
서로 얼굴 마주 보고 한 마디 말없이 몇 시간을 흘려보내도
마음 답답하거나 어색하지 않을 수 있는 건
많이 사랑하기 때문이지요.
그대의 눈빛 하나만으로도
세상에서 가장 행복한 사람이 될 수 있었던 까닭이지요.

그런 당신이기에 그리워지는 법이지요.
아무리 모진 말로 모진 행동으로
내게서 등 돌리고 떠나신다 하여도
그게 진실이 아닌 걸 잘 알고 있기에,
그런 모습조차도 사랑으로 기억되기 때문이지요.

그런 당신 언제라도 내게 다시 돌아올 것을 믿고 있기에
당신을 떠올리는 일만으로도 하루가 늘 모자란 법이지요.

많이 사랑하기에 많이 미워지는 법이고,
많이 미워하기에 많이 그리워지는 법이겠지요.
그게 사랑의 모순된 진리겠지요.

내가 그토록 당신을 미워하면서도
당신을 기다리는 이유일 테지요.

1.

"아주머니! 이거 한 병 더 주세요!"

"그만하지그래. 총각, 벌써 혼자서 세 병째야!"

"괜찮아요. 이거보다 더 마신 날도 있는데요, 뭘!"

"아니, 젊은 총각이 혼자서 왜 그래? 무슨 안 좋은 일이라
도 있었나?"

"후후, 아니에요. 아주머니, 거기 꼼장어 싱싱한 걸루다 하
나 더 구워주시고요……."

난 가끔 술을 마시다 보면

내 주위의 수많은 사람은 잊어버리고

단 한 사람의 이름만을 떠올리고는 해

우습게도 모든 일이 기억 속에서 흐려지는데

단 한 사람의 얼굴만은 너무나도 생생하게

내 투명한 술잔 위로 떨어지고는 하지

2.

"아주머니, 애들은 몇 살이에요?"

"왜, 궁금한가? 손님도 없으니 내가 말동무라도 되어줄까?"

"아주머니, 닮았으면 예쁘겠네요."

"총각은 농담두! 딸 하나 있는데 중학교 다녀."

"따님 참 많이 사랑하시죠?"

"그렇지, 뭘. 그래두 늘 미안해. 더 좋은 부모 만났으면 저두 고생 안 할 텐데…… 제 자식 자랑하는 거…… 거, 뭐래더라. 팔불출이라던가…… 그래도 참 효녀야."

"좋으시겠어요."

"그거 크는 재미로 살지, 뭐……."

못난 사랑이었지만 그 사람도 우리의 지난 시절들을
아름다운 추억으로 기억하며
비록 다른 세상에서라도 잊지 않고 있을까?
아직 기억 속에서 버리지 않고 나를 지켜보고 있을까?

3.

"아이구, 이거 총각하구 얘기하다 보니까 꼼장어 다 타버 렸네! 이걸 어쩌나……."

"괜찮아요. 그냥 주세요."

"그래도 그렇지. 잠깐만 술 들이켜지 말구 기다려봐. 다시 구워줄게. 안주 없이 그 독한 거 자꾸 들이켜면 탈나요."

"괜찮아요. 이제 더 이상 버릴 것도 없는데, 뭘요……."

"아니, 젊은 총각이 그게 무슨 소리야?"

"아주머니! 사랑한 사람이 있었더랬어요…… 참으로 예쁜 사람이 있었더랬어요…… 나 자신보다 더 많이 사랑했던 그런 사람이……."

비가 오는 날이면 더욱 생각나는 사람이 있습니다
우산 하나에 몸을 기댔던 행복했던 추억들이
내리는 빗물 한 줄기 한 줄기에 묻어나오는……
아주 빠알간 잉크가 빗물에 스며들 듯
내 마음속에 번지는 그리운 얼굴이 있습니다

그런 날이면 어김없이 빗소리가 유독 잘 들리는

길가의 허름한 포장마차에서 술을 마십니다

비 오는 날 투명한 잔에 담긴 소주는 빗물을 받아낸 듯

한없이 맑고 눈이 시리도록 서럽습니다

그런 날은 입으로 들이켠 술이 다시 눈으로 뱉어집니다

술에 취하는 게 아니라 내 눈물에 취해

지난날의 우리 사랑을 게워냅니다

이젠 더 이상 등을 두드려줄 사람도 없는데……

4.

"아주머니, 얼마예요?"

"총각, 괜찮아? 혼자서 집에 갈 수 있겠어?"

"걱정 마세요! 저 안 취했어요."

"그럼, 조심히 들어가요. 그리고 다음부터는 혼자 술 마시

지 말구……."

"안녕히 계세요, 아주머니!"

우리 집 가는 길보다 더 익숙한 그 집 앞
그리고 오랜 시간 동안 불이 켜지지 않는 그대의 방
그대가 웃으면서 손 흔들고 있을 것만 같은
초록색 대문 앞에서……

5.

"이게 뭐야? 편지네…… 아까 그 총각이 놓고 간 건가? 어
이, 총각! 총각! 벌써 가버렸나? 그런데 이게 뭐야? 무슨 사
연이 있는 것 같은데 읽어봐도 될라나?"

그대 보세요
오늘도 어김없이 그대를 만나러 다녀왔습니다
예전에는 그대가 쉼 없이 이야기하고
난 그냥 웃기만 했었는데……
얼마 전 그 일이 있고 난 이후로는
내가 쉴 새 없이 떠들고 그대는 그냥 웃기만 합니다

"THE LIBERTY OF CHOICE
Material : Acrylic Painting

운전을 하고 거리를 다니다 보면
어제 하루 시내에서 일어난 교통사고의 횟수와
다친 사람들 그리고 다시는 만날 수 없게 된 사람들이
이름을 잃어버린 채 숫자로 적혀 있습니다
그대 역시 이름을 잃어버린 채
숫자로 적혔던 그날 이후로
나 역시 그냥 하나의 숫자가 되어
그대 곁에 다가설 수 있기를 바랐습니다

그리고 이제야 그대에게 다가설 수 있게 되었습니다
그대 잠들어 있는 그곳에
어제는 이름 모를 들꽃이 피었으니까요
이제 더 이상 내가 그대의 머리맡에
꽃을 갖다놓지 않아도
그대를 지켜줄 친구가 생긴 것입니다

이젠 내가 해야 할 일이 더 이상 없는 듯합니다
내 글이 혹시나 다른 사람들 눈에 띠어

내 소원이 이루어질 수 있게 된다면

그대 가까운 곳에 나란히 함께할 수 있으면 좋겠습니다

어제 그대 곁에 피었던 그 꽃이

꽃가루를 날려 내가 눕게 될 그곳에서도

그대와 같은 꽃이 필 수 있기를……

그렇게 우리 다음 생은 같은 꽃으로 피어

서로 마주 보며 살아갈 수 있기를……

간절히 기원하며 애원하며……

이제야 그대 곁으로 갈 수 있게 되었습니다

"제발 그녀를 가슴 아프게 하지 마세요.
하늘나라 천사들은 늘 그녀의 눈물방울 수를 세고 있답
니다."

헤어진 연인의 새로운 인연에게 드리는 부탁입니다.
한때는 그 사람을 위해서라면 내 목숨 버려도 아깝지 않을
만큼 소중했던 사람입니다.
내 살점 도려내는 아픔보다 더한 고통으로 떠나보낸 사람
입니다.

지금 당신이 사랑하는 사람이……
한때 누군가를 깊이 사랑했던 사람이라면……
그 사람 더욱 아끼고 사랑해주시기를 부탁드립니다.
지난 사랑 안에서 가슴 아프고 힘들었던 기억들이 모두 지
워질 수 있도록 행복하게 만들어주십시오.

이제, 그 사람이 목숨을 버려도 아깝지 않을 만큼 사랑하
는 사람은
지난날의 내가 아닌 바로 당신이기 때문입니다.

아직도 그 겨울 코트 안에는

봄이 다가오니 날씨가 참 많이 따뜻해졌습니다.

늘 그렇듯이 계절은 내가 느끼지 못하는 사이에 찾아왔다
가 내가 느끼지 못하는 사이에 사라져가는 것만 같습니다.

문득 사랑도 그런 것이 아닐까 하는 생각이 들었습니다.

나도 모르는 사이에 내 마음속에 찾아와 내 인생의 전부가
되었다가 나도 모르는 사이에 내 곁에서 떠나간 사람.

어제는 겨우내 입고 다녔던 코트가 좀 답답해 보여 백화점
에 들렀습니다.

그리고 이곳저곳 혼자서 돌아다니다가 베이지색 봄 재킷
하나를 샀습니다.

아이처럼 거울 앞에 서서 한참을 둘러보아도 마음에 쏙 들
정도로 예쁜 재킷이었답니다.

괜히 기분이 좋아져 내친김에 겨울 코트는 한 손에 싸 든
채 그 재킷을 입고 거리로 나섰습니다.

늘 그렇듯이 새 옷은 사람의 마음을 들뜨게 합니다.

아무 약속도 없고 만날 사람도 없는데 괜스레 집에 들어가
기 싫었습니다.

아니 누군가에게 내 예쁜 재킷을, 그리고 내 예쁜 모습을
아이처럼 자랑하고 싶었는지도 모르겠습니다.

그리고 습관처럼 한 사람의 얼굴이 떠올랐습니다.
늘 내가 바라고 기대하는 것 이상으로 좋아해줬을 그 사
람. 어쩌면 그렇게 옷이 잘 어울리는지 모르겠다고, 맞춰
도 그보다 잘 어울릴 수는 없겠다고 내가 민망해질 정도로
좋아했을 그 사람의 얼굴이 떠올랐습니다.
그리고 아마도 그 사람 너무 자랑스러운 표정으로 나와 팔
짱을 끼고 무안해하는 나를 앞장세운 채 하루 종일 거리를
돌아다녔을지도 모를 일입니다.
몇 번씩이나 전화 걸고 싶은 마음이 내 발걸음을 멈추게
했습니다.
그렇게 핸드폰을 만지작거리며 한참을 거리에 홀로 서 있
었습니다.
그런 핑계로라도 전화를 걸어 안부라도 물어보고 싶은 마
음이 정말로 간절했습니다.

하지만 그럴 수는 없는 일이었습니다.

아니 그래서는 안 되는 일이었습니다.

어쩌면 그렇게도 그 사람에 관한 일 앞에서만큼은 이렇듯 잘 참아낼 수 있는지요.

한 번쯤이라도 미친 사람이 되어 그 사람의 목소리를 듣고 그 사람의 안부를 묻고 그렇게 내 지치고 아픈 가슴을 한 번쯤은 달래줄 수는 없는 일인지요.

토요일 늦은 오후, 난 더 이상 새로운 장난감을 선물받은 아이처럼 기뻐할 수가 없었습니다.

새로 산 베이지색 재킷을 종이가방 안에 넣고 겨울 코트를 다시 꺼내 입었습니다.

아직도 그 겨울 코트 안에는 오래전 헤어진 그 사람의 냄새가…… 진하게 남아 있기 때문입니다.

사랑은 피지 않고
시들지 않는다

초판 1쇄 인쇄 2015년 11월 27일
초판 1쇄 발행 2015년 12월 5일

지은이 | 유미성
그린이 | 애드리안 윤
시집 OST | 김수영

펴낸이 | 전영화
펴낸곳 | 다연
주 소 | 경기도 파주시 문발로 115, 세종출판벤처타운 404호
전 화 | 070-8700-8767
팩 스 | 031-814-8769
메 일 | dayeonbook@naver.com

본 문 | 미토스
표 지 | 글꽃
기 획 | 출판기획전문 엔터스코리아

ⓒ 유미성

ISBN 978-89-92441-74-2 (03810)